中華親子繪本

列文是隻貓

文 / 桃韭　圖 / 楊珊珊

中華教育

列文是一隻有思想的貓。

牠愛好廣泛，嚮往自由。

我去上班啦，
在家裏乖乖的哦。

1月25日
AM 07:08

桀驁不馴，寵辱不驚。

生活規律，井井有條。

有車，有房，還有個好朋友。

有時候也有點孤獨。

不僅如此，牠還是一隻嗅覺靈敏、
警惕性很高的貓……

列文呀，小靜她在傳染科工作，最近回不來了……

作為有思想的小貓，
列文的自我保護意識也非常到位。

並且，不吃嗟來之食！

03日
09:12

除非，肚子餓得咕咕直叫……

也會在夜深人靜的時候思考貓生……

並漸漸向現實妥協……

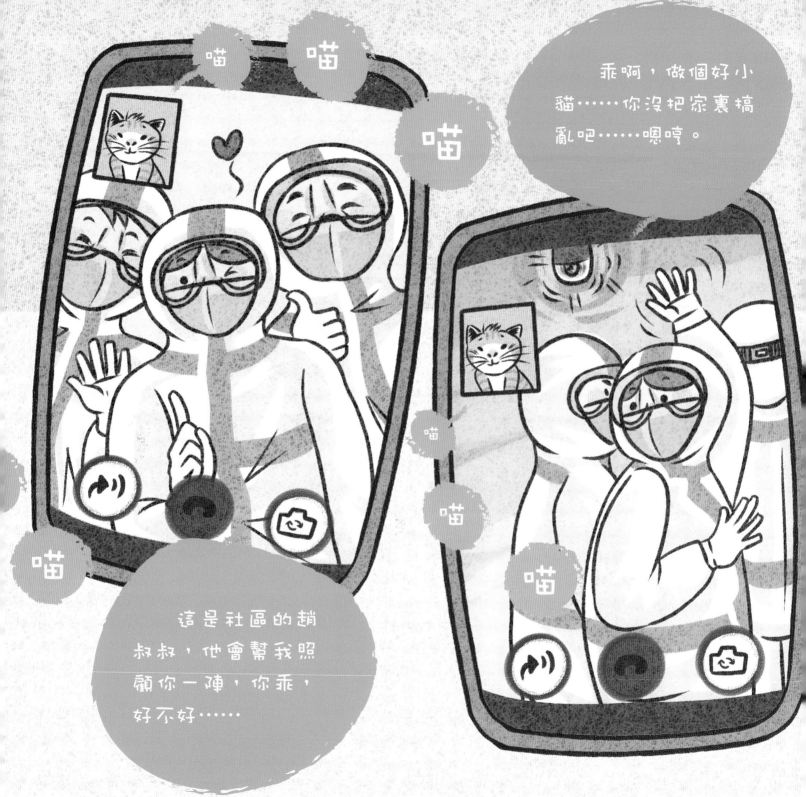

現在，列文有了新家，新的朋友，和新的對手……

牠的生活發生了一點點變化——

每天英勇戰鬥，樂於助人，不讓敵人影響趙叔叔的工作。

雖然說不出話，但牠知道，小靜、
趙叔叔、胖叔叔，還有很多人，
他們在做着了不起的事情。

戴口罩、勤洗手、不拜訪、不聚集

戰鬥閒暇時，牠會回到小靜的樓下，做一隻懷舊的貓。

和大家一起等待春天的到來。

成長也是逆風而行

賈雲

江蘇第二師範學院學前教育學院社會學博士

　　在這隻名叫列文的小貓身上，會發生甚麼樣的故事呢？這本繪本的前半部分，用寥寥幾句旁白配合豐富的圖畫細節，將列文這隻貓的性格特點刻畫得栩栩如生，頗有趣味。

　　通過閱讀畫面細節，我們發現這是一隻無拘無束、有點任性、並且非常幸福的小貓，最幸福的是有個愛牠的主人——小靜。從畫面細節我們還能發現，小靜是一名傳染科的護士。一人一貓的幸福生活被一場突如其來的疫情改變了。當小靜在傳染科病房忙碌的時候，列文和牠的「敵人」——一隻小狗，還有一個叫小艾的孩子、社區的叔叔們一起組成了一個「臨時家庭」。在這個新的集體中，作為適應能力很強的貓科動物，列文也改變着自己。牠克服曾被小孩子玩弄的恐懼，竭盡所能地幫助趙叔叔看護小艾；為了幫助社區的叔叔，牠和小艾、小狗一起奔波在大雨中⋯⋯前後的轉變讓列文這隻貓的形象更加立體——牠不僅是一隻有思想的貓，還是一隻有着生存智慧、充滿靈性的小貓。

　　繪本對事實的尊重、對生活情節的細膩描寫，讓讀者在看到列文生活變化的同時也能強烈地感受到這隻小貓情感的變化和思想的變化，情不自禁地陪伴着列文從開始的孤獨、警惕，到慢慢適應，再到主動提供幫助、關心體貼他人，一步一步地成長。當看到牠從依靠小靜照顧的「小王子」成長為有擔當的助人者，完成了一個華麗的轉身時，我們由衷地為牠感到自豪！

繪本對故事發生的背景描摹也細緻入微。作者巧妙地將疫情對人們生活的影響濃縮到一隻貓的生活變化上。比如，列文在晚上的小區裏很輕易就辨別出了哪個是自己的家。因為在疫情暴發的特殊時期，為防止疾病的傳播，人們都選擇居家防護，那間沒有亮着燈的房屋正是在醫院忙碌的小靜的家。畫面和情節的相互呼應、一棟樓裏燈光明暗的對比，不得不讓我們和列文產生情感上的共鳴。再比如，列文在成長、適應新環境的同時，辛勤工作的小靜、在社區服務崗位上為大家無私服務的趙叔叔、為社區送菜的胖叔叔，他們都在這個時刻適應着新的角色，適應着自己身上新的責任。這些都讓人們感受到了抗擊疫情過程中的強大力量。正是這股力量讓世界溫暖起來，正是這股力量讓人們對戰勝疫情、戰勝困難充滿信心。

　　成長是次第花開，也是逆風而行。在溫暖的陽光、和煦的暖風中，發芽、抽枝、展葉、孕蕾、開花是一種成長；在狂風驟雨中，不屈服、不退縮，勇於突破心理的舒適區，努力做出積極的改變，逆風而行，更是一種成長。我們不讚美逆境，也不企盼逆境，但必須正確認識逆境。所有翻過的山都會成為我們的盾牌，所有走過的逆境都會變成我們最美麗的羽翼。

◎ 責任編輯：劉萄諾
◎ 裝幀設計：鄧佩儀
◎ 排版設計：鄧佩儀
◎ 印　務：劉漢舉

中華親子繪本

列文是隻貓

文 / 桃韭　　圖 / 楊珊珊

出版｜中華教育
香港北角英皇道 499 號北角工業大廈 1 樓 B 室
電話：(852) 2137 2338　　傳真：(852) 2713 8202
電子郵件：info@chunghwabook.com.hk
網址：http://www.chunghwabook.com.hk

發行｜香港聯合書刊物流有限公司
香港新界荃灣德士古道 220-248 號荃灣工業中心 16 樓
電話：(852) 2150 2100　　傳真：(852) 2407 3062
電子郵件：info@suplogistics.com.hk

印刷｜美雅印刷製本有限公司
香港觀塘榮業街 6 號海濱工業大廈 4 字樓 A 室

版次｜2022 年 4 月第 1 版第 1 次印刷
©2022 中華教育

規格｜16 開（230mm x 230mm）

ISBN｜978-988-8760-84-8